너의 꿈은 무엇이니
따뜻한 마음 늘 기억할게요.

황준성 지음

창조와 지식

너의 꿈은 무엇이니
따뜻한 마음 늘 기억할게요.

초판 1쇄 발행 2022년 10월 29일

지은이_ 황준성
펴낸이_ 김동명
펴낸곳_ 도서출판 창조와 지식
인쇄처_ (주)북모아

출판등록번호_ 제2018-000027호
주소_ 서울특별시 강북구 덕릉로 144
전화_ 1644-1814
팩스_ 02-2275-8577

ISBN 979-11-6003-507-0(03800)

정가 8,000원

지식의 가치를 창조하는 도서출판 창조와 지식
www.mybookmake.com

너의 꿈은 무엇이니

따뜻한 마음 늘 기억할게요.

천사들의 합창 시작스토리

천사에게 조금 더 큰 세상의 경험을 보여주고자
천사와 함께 연주회를 갔습니다.

시작종이 울리고
천사는 소리에 반응을 보였습니다.

결국 천사는 연주장에서 쫓겨 났습니다.

우리는 눈물을 흘렸습니다.
천사는 그냥 서성입니다.

분하고 화가 났습니다.
거룩한 분노라 말하고 싶습니다.

이것이 발단이 되어 시작된 것이 "천사들의 합창(연주)"입니다.

울어도 떠들어도 시끄러워도 고함을 쳐도
모든 것이 음악이 되는 재활음악연주회
바로
"천사들의 합창"입니다.

시작부터 지금껏 함께하여 준
우리천사들과
물심양면으로 도움주신 모든 분들
그리고 하늘아래 가장 귀하고
귀한 사랑을 겸비하신
존경하는 우리천사 부모님들께
진심으로 감사들 드립니다.

1회 천사들의 합창 연주회를 기념하며
2008. 7. 28

황준성, 채민

19년전
두근두근 설레임을 기억합니다.

당신과 영이공 첫.데이트
매년 결혼기념일이면
그때가 생각납니다.

열악한 환경속에서도
열정을 불태우고
서로를 의지하고
격려하며 함께 손잡고
달려온 19년~
당신에게 참 고맙고
감사합니다.

무엇을 먹고 마시실까 보다.
가난하고 아픈 이들을 위해 무엇을 할까부터 고민한 당신.
결혼이라는 것이 당신과 나 우리에게는
가난하고 아픈 이들을 위한
방주같은 것 같습니다.

포근한 부모 품 같은 방주가 되려는 당신.
존경하고 사랑합니다.

2022.2.15
결혼 19년차
채민 당신을 사랑하는 남편 준

목차

너의 꿈은 무엇이니

너의 꿈은 무엇이니 작은 꿈이라도 좋아
너의 가는 길에 내가 길이 되어줄게

너의 꿈은 무엇이니 작은 소망이라도 좋아
너의 작은 날개아래 바람이 되줄게

저하늘을 바라봐 저기 무지개를 바라봐
저바를 넘어서 꿈을 향해 달려가자

언젠가는 꿈꾸는 곳에서 함께 걸어가요
너의 소중한 꿈과 소망을 그려보아요

언젠가는 꿈꾸는 곳에서 함께 달려가요
행복한 너의 꿈 가득 안고 아름다운 그곳으로

아름다운 그곳으로

아름다운 그곳을 너와 함께 가요.

* 너의 꿈은 무엇이니 따뜻한 마음 늘 기억할게요.

웃음이 난다.

웃음이 난다.
너를 보며는

가슴이 뛴다
너를 보며는

손잡아준 너

심장이 요동쳐
너와 함께라면

신나고 가슴벅차

꽃구름 꿀구름
모두 모두 나와라

구름 커튼을 넘어 보이는

너의 포근한 어깨
너의 따뜻한 가슴

내 마음을 가져간 너~

제주도 너 참 좋다.

너의 소리는

너의 소리는
우리의 귀를 열어주고

너의 미소는
우리의 심장을 뛰게해

너는 내가 숨쉬는 이유이고
너는 내가 달리는 이유이다

너의 가슴을 열어봐
너의 날개를 펼쳐봐

지난온 나의 모든 것은
나의 삶에 주어진 선물이다.

바다로 향하는 물결 방향은 바뀌지 않는다.

* 너의 꿈은 무엇이니 따뜻한 마음 늘 기억할게요.

때가 되면 피는

때가 되면 피는
코스모스처럼.

당신은
한결같이 그 자리를 지킵니다.

한결같이 그 자리는
섬김의 자리입니다.

늘 한결같이 섬김의 자리를 지켜주는 당신

그런
당신을 존경합니다.

세상에서 가장

세상에서 가장
귀한 선물은 당신입니다.

당신의 미소는 나를 웃게 만들고
당신이 슬프면 나는 눈물이 나고

선물의 온도에 따라
나의 색은 변합니다.

* 너의 꿈은 무엇이니 따뜻한 마음 늘 기억할게요.

독도

고요한 동해의 태양

역사의 고독한 증거

우리의 뜨거운 가슴

외롭고 슬슬한 눈물

새벽 미명의 이슬

자랑스런 우리의 긍지 독도

외로운 독도여 이제와 미안하다.

이제는 외로움도 슬픔도 없다.

우리 민족의 자존심이여

과거

과거
울어도 떠들어도 모든 것이 음악이 되는

어떻게 하면 아름다운 하모니를 만들까

고민했습니다.

오늘 이 자리에 오신 모든 분들은

우리 천사들의 노래와 음악 소리가

어떻게 들으면 하모니가 될까

하모니 소리로 들리도록

그렇게 아름답게 들어주시길 부탁드립니다.

* 너의 꿈은 무엇이니 따뜻한 마음 늘 기억할게요.

그때를 생각해

그때를 생각해
보고픈 당신을 크게 불러봅니다.
대답은 없군요.

별이된 당신 .

빛을 비추어 주세요.
나에게.

그리고

당신 옆 자리 부탁해요.

멀지 않아 당신옆 .
같은 별이 되고 싶습니다.

못다한 이야기
반짝이며 나누어 봅시다.

꽃내음

비가 지나간
햇살가득한 아침

가슴이 설레임니다.
어디선가 꽃내음이 나의 가슴을 설레게 합니다.

가슴설레이는 그곳으로 나는 걸어갑니다.

꽃내음이 나의 발걸음을 이끕니다.

빗물 맞으며 피는 꽃내음이
나의 가슴을 두드렸습니다.

흙먼지 맞으며 피는 꽃내음이
나의 마음에 인사를 합니다.

꽃내음이 나를 설레이게 합니다.
꽃내음이 나를 기분좋게 합니다.

꽃내음이 나의 발걸음을 이끌어 갑니다.

* 너의 꿈은 무엇이니 따뜻한 마음 늘 기억할게요.

나는 노래하리라

나는 노래하리라
내 아픔이 짓누르고 냄새나고 무거울지라도
원망이 가득하고 성한곳이 없더라도
나의 모든 소원을 간절히 토설하고
좌절의 늪에서 벗어나

내 눈이 빛을 바라며
내 심장이 다시 뛰고
두팔과 두다리에 힘을 얻어

내가 실족하지 않고 노래하며 달려가리라

나의 삶의 주인

나의 삶의 주인
지난 세월을 뒤돌아보니

나의 생각으로 나의 계획으로
온것이 아님이 분명합니다.

한순간 한순간

그분의 손이 함께 하셨습니다.
그분의 계획이 있었고
그분의 계획대로
아름다운 꽃이 되었습니다 ~^^

값없이 받은 사랑의 열매
값없이 돌려드리는 사랑의 열매로

그분을 통해
따뜻한 사랑과 복된 소식을 전합니다~

* 너의 꿈은 무엇이니 따뜻한 마음 늘 기억할게요.

내 친구 앞산

햇살 가득해 내 눈을 뜰수가 없어
앞산 촉촉한 이슬이 내 귀를 속삭여

내 발걸음이 앞산의 발을 넘어
허덕이는 숨소리와 함께 앞산의 허리를 넘어

앞산 그의 머리에 올라
시원한 바람과 많은 숲의 냄새로
내 허리와 마음을 감싸주는구나

앞산의 눈이 파워풀 대구를 보여준다.
날아올를듯한 기분
심장이 터질듯한 기분

내 친구야 우리의 친구야
앞산 너의 품이 그립다.

늘 기억할께요.

따뜻한 마음 늘 기억할게요.
감사해요 고마운 마음
천사들위해 손잡아주시고 함께 걸어주셔서 진심감사해요.

섬김의 마음 늘 기억할게요.
감사해요 고마운 마음
천사들위해 섬겨주시고 함께 걸어주셔서 진심감사해요.

우리모두 이길함께 걸어가면 좋겠어요
사랑해요 축복해요
잊지 않을게요.

우리모두 이길함께 걸어가면 좋겠어요
사랑해요 축복해요
감사해요.

따뜻한 마음 늘 기억할게요.
감사해요 고마운 마음
천사들위해 손잡아주시고 함께 걸어주셔서 진심감사해요.
함께 걸어주셔서 진심감사해요.
따뜻한 마음 기억할게요 기억할게요.

당신은 나의 전부입니다.

당신은 나의 전부입니다.

나의 전부인 당신이 아프고 슬프면
나의 모든 것이 아프고 슬프다

당신의 눈물은 나를 아프게 해요
당신의 눈물을 닦아 줄게요.

나의 전부인 당신이 즐겁고 행복하면
나의 모든 것이 즐겁고 행복하다

당신이 웃으면 나는 행복해요.
당신의 꿈을   나는 응원해요.

당신이 행복하길 두손 모아 기도할게요.

대경행진곡

꿈과 소망이 가득한 이 땅 내고향이여
보고픈 내형제여 대구경북인
아름다운 내고향 대구경북인이여
큰산 맑은 물 정다운 내고향

꿈과 소망 사라져 두려움 닥쳐도
고향 내 친구들아 처진 어깨 다시세우자
다 함께 나가자 우리 손 맞잡고
희망찬 대구경북 위하여
우리모두 함께 나가자

영원 영원히
함께 나가자 대구경북 빛나리 빛나리 빛나리

* 너의 꿈은 무엇이니 따뜻한 마음 늘 기억할게요.

떠오른 아침해를 보세요.

떠오른 아침해를 보세요.
열정이 느껴지지 않나요.

하늘을 날으는 새를 보세요.
잊어버린 어릴적 꿈이 생각나지 않으시나요.

괜찮아

이제 다시 시작하면 됩니다.

내게도 날개가 있을까.
소망의 날개가 있습니다.

이제 다시 움추렸던 날개를 펼쳐보세요.

창공을 마음껏 날아
가슴속 숨겨왔던 폭풍같은 열정을
쏘다부으세요.

비바람처럼 강한 자존감을 가지세요.
굳건한 나무가 되어

세상과 싸워 이기세요.

진정 이기리.

마음소리 2

너의 작은 손가락
너의 작은 눈망울

들리지 않았던 너의 마음소리가

너의 작은 미소가
너의 작은 얼굴에

너의 마음속 그 마음 눈물이 나네요

너의 그 마음속에 들어가서
금빛 구름과 꿈길 따라서

내 귀를 가슴에 되며
가냘픈 너의 마음소리가
듣고픈 마음소리가 진실된 마음소리가

너의 아프고 상처난 그 마음소리가
이제 들리는 듯

너의 마음소리가 너의 마음소리가
이제는 내 마음이 되어 너를 느낍니다

사랑하는 나의 꽃 나는 눈을 감는다

　* 너의 꿈은 무엇이니 따뜻한 마음 늘 기억할게요.

먼 시간 빛을 향해 달리다 달려

먼 시간 빛을 향해 달리다 달려
힘에 지친 나의 모습을 발견하고
어둠과 공허함이 가득한 이곳

나는 그 길위에 서있네

지치고 힘듦에 멈쳐선 나
쉼없이 달려 온 길위의 나

뒤를 볼아보니 긴 세월따라
늘어진 주름들

당신이 있기에 달려온 지난 세월
당신을 향한 나의 마음
큰 것을 드리지는 못하여도

나의 마음 영원히
당신에게 드리리

별빛 은하수강

별빛 은하수강에 비가내립니다.
은하수강에 돗단배가 있습니다.

은하수강의 바람따라 몸을 맡깁니다.

밤을 밝혀준 달빛이 저물고
이슬방울 가득한 은하수강
붉은 태양이 떠오르면
아지랑이 피어오르고

영롱한 별들이 노래를 하고
베고니아향이 노래의 음색을
밝혀줍니다.

나의 사랑하는 꽃이여
나의 사랑하는 노래여

은하수강가에서
그리운 당신과
함께 다시 만나요.

* 너의 꿈은 무엇이니 따뜻한 마음 늘 기억할게요.

새벽날개

너의 날개를 펴 세상을 향해 활짝펴 봐
새벽날개 활짝펴고 하늘 날아 봐

밤하늘을 바라봐 반짝이는 별들을 봐
네가 살아갈 이세상을 내가 보여줄게

비바람이 불고 폭풍몰아쳐도
내가 언제나 함께 할게
비가 내린 깜깜한 밤 밝은 빛이 되어줄게

언젠가는 너의 날개로
저 하늘을 날아올라 봐
너에게 밝은 이세상을 보여줄게

아름다운 날개펼쳐 봐
자유롭게 날아올라 봐
맘껏소리쳐 봐
하늘높이 꿈을 펼쳐 봐

소리를 쳐봐

소리를 쳐봐
제발
너의 마음을 보여죠

너는 혼자가 아니란다
폭풍이 몰려와도
비바람이 불어도

내가 너와 함께 할게
언제나 너와 함게

힘들고 지칠때 옆을 봐.
내가 있잖니

너를 안아줄게

비가 내리는 깜깜한 밤.
빛이 되어 줄게

　　* 너의 꿈은 무엇이니 따뜻한 마음 늘 기억할게요.

어두운 구름 넘어 밝은 세상을 보여줄게
너의 꿈을 마음껏 펼쳐봐
자유롭게 날아봐

맘껏 소리쳐봐

분명 태양은 뜬다.

오늘 하루는

십수년 함께한 우리부부!
우리부부의 삶은 우리부부의 것만이 아님을 알게 해주는 귀한시간!

앞만 보고 달리다.
오늘 뒤를 돌아보는 귀한 시간을 가졌습니다.

내가 걸어 온 길을 보았고 아내가 걸어 온 길을 보았습니다.
그리고 우리는 부부가 되었고
또 그 길을 이제는 우리부부가 함께 두손 잡고 걸어왔습니다.

간혹 한번씩 힘들고 지칠때가 있었습니다.
하지만
잠시 쉬면 금새 새힘이 나서 그 길을 정말 열심히 달렸습니다.

우리부부가 서로 서로 바라보며 응원하고 격려하여
새힘을 얻은 줄 알았습니다.

그런데 잠시 옆을 보고 뒤를 보니

수백명의 천사들이 우리부부를 응원하고
밀어주고 당겨주고 있음을 보았습니다.

우리부부에 두눈에 따뜻하고 시원한 샘을 열어주는
맑은 천사들의 감동이 가득합니다.

* 너의 꿈은 무엇이니 따뜻한 마음 늘 기억할게요.

행복 정말 멀리 있지 않습니다.
바로 내옆 그 사람이 행복입니다.

"부창부수"
지금까지 천사들을
함께 사랑하고 섬겨준 아내에게
존경과 감사를 전합니다.
2016년 1월 28일 대구KBS아침마당 녹화 후!

오늘 하루는

오늘 하루는 나에게 가장 소중한 날입니다.
오늘 하루는 나에게 가장 소중한 선물입니다.
오늘 하루는 나에게 가장 소중한 행복입니다.
오늘 하루는 나에게 가장 소중한 추억입니다.

그 이유는
당신이 있기 때문입니다.
당신은 나에게 가장 소중한
선물이며 행복이며 추억이며 축복이기 때문입니다.

행복한 선물 당신이 있기에
아름다운 추억을 담고
당신과 손잡고
축복된 아름다운 길을 갈수 있습니다.

오늘은 참

오늘은 참
외롭고 쓸쓸합니다.

하지만

사랑스럽고 아름다운
당신이 내옆에 있어

참 행복합니다.

* 너의 꿈은 무엇이니 따뜻한 마음 늘 기억할게요.

우리 부부의 삶의 공유!^^

슬픔을 나누니 정말 정말 슬픔이 줄었습니다.
사랑을 나누니 정말 정말 사랑이 늘었습니다.

이것이 진리임을 새삼 느껴봅니다.

슬픈일이 있으면 함께 나누시고
사랑으로 받아주세요.

그럼 슬픔은 줄고 사랑은 더욱 커져 갈 것입니다.

하늘 위 별이 나를 본다.

하늘 위 별이 나를 본다.

세상 태어나 처음 느껴본
나의 심장뛰는 소리

그날이
당신을 만난 날입니다.

터질듯한 심장소리
따뜻하고 벅찬 감동과 기억이 가득합니다.

함께하자며 꿈 이야기를 했던 지난날들
그리운 눈물이 납니다.

이제는 하늘위의 별이 되어
나를 지켜보는 당신

먼 시간이 지나 당신옆 별이 되어

못 다한 이야기 함께 나누는 그날을
사모하며 기다려 봅니다.

* 너의 꿈은 무엇이니 따뜻한 마음 늘 기억할게요.

참 좋았었지

참 좋았었지

너가 태어나던 날
새벽 닭 울음소리에

눈을 뜨는 순간부터
석양빛이 지는내내 행복하다.

어둠이 내려앉는 소리
달이 뜨고 반짝이는 별들의 소리

종달새가 새벽을 깨우는 소리도 행복하고
아침이슬 맑은 소리도 행복하다.

따뜻한 햇살의 아늑한 소리도 행복하고
뜻거운 태양빛의 고함 소리도 행복하다.

어두워지는 고요한 소리도 행복하고
멀리서 들려오는 늑대 소리도 행복하다.

달의 노란 빛 노래 소리에도 행복하고
별의 반짝이는 속삭임의 소리도 행복하다.

그 별들의 반짝이는 소리가
축복의 소리로 들리어 행복하다.

천사들이 가는 곳 마다!

천사들이 가는 곳 마다!

가물어 메마른땅에 단비가 내립니다.

슬픔의 비가 아닌 고대하고 고대하던
기쁨과 환희의 단비 말이죠.

남해땅에 행복의 단비를 뿌려준
FM천사예술단 모두 고맙고 감사합니다.

단원 모두 사랑스럽고 존귀합니다.

우리를 행복으로 초대해주신
주관자이신 그분께 먼저 감사와 영광을 돌립니다.

무대를 만들어주신 존귀하신 분들께
감사를 드립니다.

무대는 천사들에게 성장의 참 좋은 도구입니다.

냉랭한 가슴이 따뜻한 가슴으로
메마른 눈에 눈물샘이 흐립니다.

모두 진심으로 감사드립니다.
행복한 추억 아름답게 간직하겠습니다.

* 너의 꿈은 무엇이니 따뜻한 마음 늘 기억할게요.

하루만 더~

눈웃음이 예쁜 너
너보다 하루만

앙증맞은 손을 가진 너
너보다 하루만

나를 예쁘게 부르던 너
너보다 하루만

나의 가슴을 뛰게한 너
너보다 하루만

그립다.

저 푸른 창공에 올라
너를 불러본다.

뭉게구름 위에 올라
너를 불러본다.

희망나무

행복일당은 천사들의 희망나무입니다.

행복일당의 씨앗이 무럭무럭 자라랍니다.
울창한 희망나무로 성장하고 있습니다.

요즘처럼
뜨거운 태양빛을 행복일당의 잎으로 가려주어 시원함을 줍니다.
매서운 눈비바람을 당당히 막아줍니다.

또 언젠가 봄과 여름 가을 겨울을 지나
더 큰 희망나무가 되어
행복일당의 과실을 많이 맺을 것입니다.

분명 희망나무의 주인은 있습니다.

그러나

그 희망나무의 행복일당 과실은
누구나 나눠가질 수 있습니다.

그래서 행복일당은 천사들의 희망나무가 됩니다.

희망나무가 많은 세상
그 세상을 꿈꿔 봅니다.

* 너의 꿈은 무엇이니 따뜻한 마음 늘 기억할게요.

각자의 길을 걷던 우리!

각자의 길을 걷던 우리!

어느날

아내를 만나 이제 둘은
함께 길을 걷습니다.

언제나 둘만의 길이

어느순간
이제는 제자들과 함께 이 길을 걷습니다.

함께 걸으니 감사하고 행복합니다.

앞으로 더욱 많은 이들과 이 길을
웃으며 함께 걸어가길 소망합니다.

감동과 사랑이 아직도

감동과 사랑이 아직도
가시지 않습니다.

연약하고 부족하지만
함께한다는 것

이것은 아름다움 자체인것 같습니다.

순서순서 마다 감동과 사랑이
가득한 것 같습니다.

이 사랑과 감동이
무대의 담을 넘어

이 지역 사회에 사랑의 생기가 되어
우리가 밟고 사는 이 대구땅에
감동과 사랑의 웃음이 가득해지길
소망하여 봅니다.

함께 한다는 것은
신나는 것 입니다.

함께 하십시요.

제8회 천사들의 연주 정기연주회가
우리들을 웃으며 기대하며 부르고 있습니다.

* 너의 꿈은 무엇이니 따뜻한 마음 늘 기억할게요.

귀 기우려 보세요.

귀 기우려 보세요.
들리시나요!

사랑의 예쁜 메아리가!

삶 가운데 한발 늦게!

기다려 주는 미덕!

바로 사랑입니다.

남편들이여 1

남편들이여!

사랑하는 아내를 위해 부엌으로 가라!

사랑하는 아내를 위해 지금당장 요리를 하라!

이 더운 여름 보양식!

사랑 뜸뿍 낙지 마늘 홍합 뽁음!

지친 아내의 활력을 위해!

남편들이여 지금 당장 부엌으로 가라!

* 너의 꿈은 무엇이니 따뜻한 마음 늘 기억할게요.

남편들이여 2

내일 오전

아내의 위를 자극할
향기 가득!

도망간 입맛이 바로
돌아 오는 사랑가득 진미고추장 복음!

남편들이여
지금 당장 일어나라.

그리고

부엌으로 가라.
오로지 아내만 생각하라!

아내는 행복이다.
행복은 가까이에 있다.

샬롬!

누군가 누구를 위해
기도한다는 것 만큼
크고 아름다운 것이 없습니다.

오늘도

어둡고 가난한곳에 있는 누군가를 위해

간절히 기도하는 하루가 되면 좋겠습니다.

* 너의 꿈은 무엇이니 따뜻한 마음 늘 기억할게요.

대학원 종강!

대학원 제자들과!
대마도 당일관광!

오늘도 감사하세요.
그럼 행복합니다.

비가 옵니다.

세상이 더욱 맑고 깨끗해 지겠죠.

우울했던 우리들의 마음도.
또한 곧 했가 뜨겠죠.

이것이 인생인가 봅니다.

행복해서 감사한 것이 아닙니다.
감사할 줄 아는 것이 행복의 시작입니다.
^^

마음이 답답하신가요.

마음이 답답하신가요.

마음이 어지럽나요.
때론 내 마음이 순수치 않아 혼돈스럽나요.

우리 천사들을 만나보세요.

순수했던 어린 시절로
타임머신 여행을 할 수 있어요.

순수함은 풋풋한 어린 시절로
잠시 돌아 갈 수 있는 열쇠인 것 같습니다.

* 너의 꿈은 무엇이니 따뜻한 마음 늘 기억할게요.

마음이 아프신가요.

마음이 아프신가요.

근심과 걱정 있으신가요.

천사들의 사랑의 약 받으러 오세요.

아니면

불러주시면 사랑의 약 가지고
찾아가겠습니다.

오늘도 감사하시고
행복하세요.

머리가 무거운 이녀석과

머리가 무거운 이녀석과
머리가 가벼운 이녀석은 부부입니다.

9년째 우리집 책상위를
점령하고있습니다

이녀석들은
밖에서 화난 일이 있거나
속상하고 신경질 나는 일을
모두 들어 줍니다
가끔 너무 격분해
화풀이도 합니다.

그래도

이녀석 부부는 조용하게
저의 모든 이야기를 들어주고

결국은 포근하게 안아주어
제 맘을 위로합니다.

이녀석 부부(머리큰 강아지, 머리작은 강아지)의 이름은

.

.

.

.

.

,

머리가 무겁다
머리가 가볍다. 입니다.

사랑 한 가슴에 품고

사랑 한 가슴에 품고
열렬히 나누어 주고파 갑니다.

이상하게 늘 돌아오는 길에는
사랑 두 가슴을 품고
돌아옵니다.

천사님들!

순결한 사랑을 가르쳐 주시매
진심으로 감사합니다.

아름답고 거룩한
사랑의 수고 해주신 재활음악치료사님들!

고맙습니다.
감사합니다.
사랑합니다.

사랑은 강물처럼

사랑은 강물처럼
흘러 흘러 내려갑니다.

누구나

그 흐르는 강물에 발을 담구면
사랑의 짜릿짜릿 함을 느끼실 겁니다.

사랑은 강물처럼
흐르고 흐릅니다.

흐리는 사랑의 강물 속에 빠져 보아요.

늘 사랑의 귀한 수고해 주시는

재활음악치료사님들 고맙고 감사해요!

사랑의 수고한 재활음악치료사 8기 9기

사랑의 수고한 재활음악치료사 8기 9기
수련생님들 감사합니다.

땀과 열정 !

사랑하려는 자세가 좋습니다.

짧은 시간이지만
귀한 마음 나누니 또한 참 좋습니다.

독자 여러분!

고개를 조금만 돌려보세요.
사랑할 대상이 참 많습니다.

오늘도 누군가에 사랑한다고 말해주세요.

* 너의 꿈은 무엇이니 따뜻한 마음 늘 기억할게요.

제98회 찾아가는 천사들의 합창 연주회~^^

선하고 아름다운 자리에.
함께 할 수 있어 감사합니다.

연탄이란 단어만 들어도 따뜻해지는 겨울입니다.
나누고 섬김에 저희 예술단 천사들도
함께 작은 보탬이나마 된듯 하여 기쁘고 좋습니다.

값없이 받은 사랑 ~
값없이 돌려줄수 있어 이겨울의 시작에.
작은 소망을 봅니다.

기회 주신 비산동교회에 진심으로 감사드립니다.
분명 아낌없는 수고와 노고에
큰 하나님의 도우심과 은혜가 있을 줄 믿습니다.

자기몸 녹여 주위를 밝히고 따뜻한 온기를 주는
연탄 같은 사랑이 가득한 지역사회가 되도록
늘 기도하며 협력하겠습니다.

순수하고 맑은 시냇물에

순수하고 맑은 시냇물에
몸을 적시는 시원하고
짜릿함을 경험 하고프면
FM으로 오세요.

천사들의 지저기는 소리가 좋습니다.
때묻지 않음이 좋습니다.
천사들의 미소가
행복의 보상이 되어 저희 마음에 가득 채워집니다.

* 너의 꿈은 무엇이니 따뜻한 마음 늘 기억할게요.

아빠의 사랑이 엄마의 사랑이 가득한 집

아빠의 사랑이 엄마의 사랑이 가득한 집
FM하우스 입니다.

벌써 10년이 훌쩍 넘었습니다.

지금 돌이켜 보면
행복하고 소중한 추억으로 아름다운 청춘을
부끄럽지 않게 보냈다 할 수 있습니다.

가난하고 아픈이들을 위한 삶!

아내와 결혼 전 약속한 기도제목 입니다.

지금도 FM은 진행 중 입니다.

앞으로 10년 20년이 지나도 오늘처럼 회고하고 싶습니다.

부끄럽지 않게 달려왔다고 말이죠!
끝까지 저희 부부가 잘 달릴 수 있도록 응원 부탁드립니다.

간절한 기도도 부탁드립니다.
기도의 응원이 저희 부부를 힘차게 달리게 합니다.

어디선가 노래소리가 들린다.

어디선가 노래소리가 들린다.

바람이 불면 불수록
작은 노래소리가
큰 합창이 되어
대나무 잎파리들을 흔들며
리듬을 탄다.

아! 아름답도다.
아름답게 노래를 한다.

* 너의 꿈은 무엇이니 따뜻한 마음 늘 기억할게요.

오늘 피자는 단장님이 내셨습니다.

단복이 크고 작고 하였지만
입고 있는 모습을 보니 참 뿌듯하고 좋습니다.

단복입고 악기연주와 노래 할 천사들을 생각하니
벌써 그날이 기대가 되고 사모하게 됩니다.

늘 묵묵히 응원해주시는 어머님들께 감사합니다.

늘 열정적으로 지휘하고 반주해주시는 재활음악치료사들께
감사합니다.

늘 웃으며 잘 따라주는 천사들께 감사합니다.

또한

저에게도 감사합니다.
오늘 남은 시간도 웃는 시간이 많으시길 기대합니다.

오늘도 사랑의 귀하고 귀한 수고의 손길들!

오늘도 사랑의 귀하고 귀한 수고의 손길들!

분명

긍정의 아름다운 열매 되어
우리의 가슴가슴 마다 작은 열매되어 돌아 오리라
믿어 의심치 않습니다.

전국장애인체육대회를 FM합창을 준비하며!

* 너의 꿈은 무엇이니 따뜻한 마음 늘 기억할게요.

재활음악전문가 선생님들!

늘 그 자리 지켜주어 고맙습니다.
늘 한결같은 사랑 고맙습니다.

받은 사랑 나누시는 모습 고맙습니다.

기회가 되고 환경이 되면
늘 함께 그 자리에서 만나요.

귀한 사랑의 수고!

아낌없는 격려 고맙습니다.
축복합니다.

제 23회 찾아가는 천사들의 합창!

제 23회 찾아가는 천사들의 합창!
화원교도소

교도소 생활인들에게 큰 감동과 소망을 안겨준
FM천사예술단, 합창단

천사들과 함께 동참해 주신 어머님들

열렬한 함성과 박수를 보내준 교도관 및 생활인들
모두모두 고맙고 감사합니다.

누군가는 사랑의 씨앗을 뿌리고 심고
그 누군가는 사랑의 물과 거름을 주고

또

그 누군가는 아름답고 담스럽게 가꾸어
마침 그 누군가는 아름다운 열매를 맛보게 될 것입니다.

각자의 역활 귀하고 아름답게 잘 감당하는
우리모두가 되길 소망하여 봅니다.

FM식구님들
사랑합니다.
축복합니다.

제1회 재활음악치료 학술대회

학술논문 발표해주신 박사님들
감사합니다.

참여하신 모든 재활음악전문가님들

우리들에게 맡겨질
하늘 아래 가장 귀하고 귀한 예비 천사들을 사모하며
만날 그날을 사모하며 그날을 기다립니다.

축복합니다.
사랑합니다.

천사들을 위한 신실한 재활음악치료사가 되시길 두손모아 기도합니다.

천사님들과 즐거운 재활음악치료 시간들

우리는 오늘도 배웁니다.
우리는 오늘도 느낍니다.
우리는 오늘도 행복합니다.

우리는 늘 주려 갑니다.

하지만

늘 얻어서 돌아옵니다.

5기6기 재활음악치료사들
작은사랑에 진심으로 고맙고 감사합니다.

작은 국수 한 그릇에 사랑과 정이 담겨져 있습니다.
사랑의 수고에 감사하며 축복합니다.

천사들을 위해

천사들을 위해
아낌없는 수고와 사랑으로 섬겨주신
재활음악치료사님들 감사합니다.

작은 국수 한 그릇에 감사가 있고 사랑이 있어
행복합니다.

다음에는 더 맛있는 음식
대접하고 싶습니다.

기억합시다.

재활음악은 실천학문입니다.
실천하는 순간순간마다

우리 천사들 마음 깊은 곳 속에
사랑의 귀한 씨앗이 심어질 것입니다.

기억하세요.

케익

케익을 보면 행복하다.

행복했던 지난 과거가 생각나고
그리운 한사람 한사람이 생각난다.

어릴적 때묻지 않은
콧물 흘리던 풋풋한 어느 하루 하루

난 고교시절에 돈까스와 케익을 처음 먹어본 듯 하다.
가난하고 어려운 시절

그러나

지금 도리켜 보면
아스팔트가 깔리지 않은 신장로 사이에
플라타나스처럼 순수하고 아름다운 시절

배고픈 그때가 그립다.

* 너의 꿈은 무엇이니 따뜻한 마음 늘 기억할게요.

비가 부슬부슬

지금 온 세상은 비가 부슬부슬 내리고
내가 타고 있는 차안의 라디오에서는
차이코프스키의 제목모를 연주곡이 흘러 나온다.

잠시 두눈을 감고 차이코프스키에 내 모든 것을 맡기니
참 평안을 맛 본다.

합창은 놀라운 능력이 있습니다.

합창은 놀라운 능력이 있습니다.

합창을 통해
우리 눈에는 보이지 않지만
작은 사회가 만들어졌습니다.

각자의 역활이 생겼습니다.

소사회를 이루는 주인은 우리 천사들입니다.
이 소사회를 통해 분명
천사들이 넘어서야 하는 크고 작은 장벽들!

이 장벽들을 허물고 뛰어넘는 기술들을
우리천사들은 배우고 익히며 습득할 것입니다.

이것이 음악의 힘이며 합창의 마력입니다.

또한
카친 여러분들의 응원과 격려가 더욱 큰
힘을 내는 원동력과 자양분이 되어집니다.

한결같은 응원과 격려 고맙고 감사합니다.
삶이
힘이 들고 지치시나요.

주위를 둘러 보세요.

그리고

나즈막한 그곳에 소사회가 분명 있음을 기억하십시요.
덥고 습한 대구 날씨 !

하지만

우리는 웃습니다.
그래야 상대도 웃습니다.

혼자 길을 걸었습니다.

혼자 길을 걸었습니다.

이제는 그 길을 함께 걸어갑니다.
벌써 18(10)년의 무지개를 넘어~
힘들고 지칠때 언제나 그 자리, 그곳에
로뎀나무 같은 당신이 있었습니다.

함께 무지개 끝을 향해 걸어가는
당신, 나, 그리고 우리!

서로가 로뎀나무 그늘이 되어주고
서로의 땀을 닦아주고
서로 바라보며 웃으며
무지개 끝자락 그곳을 향해

이제는

우리뿐 아닌
하늘 아래 귀하고 귀한 천사들과 함께
이 길을 걸어갑니다.

잠시 쉬며 뒤돌아보니 걸어온 발자국이 보입니다.
우리의 삶이 고스란히 담겨있는 발자국.
언젠가, 누군가,

이 발자국이 삶의 무지개를 찾는
소망의 열쇠고리가 될 것 같은 생각이 듭니다.

오늘도 아름다운 무지개의 열쇠고리를 찾아봅니다.

무지개 열쇠고리는 늘 먼 곳에 있다 생각하였습니다.

하지만

이제 깨달았습니다.

멀리서 찾지 마십시오.
가까운 곳, 우리 삶의 주변에 있습니다.

아주 가까이~

2021(2014)년
삶의 무지개를 발견하시는 우리 모두가 되시길
그렇게 되길 축복합니다.

혼자의 힐링 좋습니다.
함께하는 힐링은 더 좋습니다.

재활음악치료사로 같은 길을 걷는 우리들
꼭 기억합시다.

하늘아래 귀하고 귀한
천사들이 있기에 우리들이 있습니다.

늘 겸손한 마음, 섬김과 나눔

그리고

배려와 사랑

앞으로도 쭉~

처음부터 지금까지 사랑의 수고로
함께섬겨주신 재활음악치료사님들

진심으로 감사합니다.

고맙습니다.